AF404549

ÉPITRE

A MONSIEUR

AUGUSTE S^t. G***.

Par FRANCISSE,

Auteur de stances sur la naissance du duc de Bordeaux, et d'une ode sur la mort de Napoléon.

PARIS,

Chez { Corréard, et Delaunay, libraires, au Palais-Royal ;
Et Lécrivain, libraire, boulevard des Capucines, n° 1.

Janvier 1822.

ÉPITRE.

Je ne suis rien, jamais à l'Athénée,
On ne m'a vu la tête couronnée;
Jamais le temple à Momus consacré
N'a retenti de mon nom ignoré:
De *gloire* enfin ma muse est innocente.
Jamais le son d'une orgue *séduisante*
N'accompagna le fruit de mes loisirs.
Fi du *laurier*; le but de mes désirs
Est de jouir: comme un beau jour de fête,
Je vois la vie, et je pare ma tête,
Dans mon printemps, des roses des beaux jours.
Docte Blondin, et vous, petits amours,
C'est à vous seuls que j'offre mes années.
Sombre Atropos, tranche mes destinées;
Lorsque le temps, la *goutte* et ses douleurs,
De mes beaux ans moissonneront les fleurs.

Heureux servant du dieu de la folie,
Chez qui le goût au grand savoir s'allie:
Des chansonniers porte en paix l'étendard;
Tu sais les maux qu'attire une couronne;
Repose-toi sur les degrés du trône
Qu'ont illustré les Collé, les Panard.

Censeur malin, le mauvais goût circule;
A ton aspect, il se guinde; il recule.
Il fuit au son de tes joyeux pipeaux,
Ton luth se tait, ta lyre est au repos.
J'ose donc, moi, rimeur sans cotterie;

Bien qu'à l'écart , rire du sot titré ,
Rendre justice au mérite ignoré ;
Avec plaisir , pourtant sans flatterie ,
J'aime à trouver un moderne Panard ,
Servant Crépin sous le nom de Favard.
A voir Dauphin saisi d'un beau délire ;
D'un luth joyeux tirer de nobles sons ,
Prends garde , ami , tu sais que les chansons
A leurs auteurs n'apprêtent plus à rire.

    O vérité , fais que par ton pouvoir,
Je puisse enfin, par devant ton miroir ;
Forcer le vice à chercher un refuge :
Il tomberait , le masque du transfuge ,
Qui , le premier, ose insulter César ,
Et , le premier, s'attelait à son char.
Que j'aimerais , du sommet de la roue ,
A voir rouler Philémon dans la boue ;
Il y naquit ; par ce retour soudain ,
Je le verrais éprouver le dédain
Dont le vautour , depuis longs jours abreuve
Et l'orphelin , et le pauvre , et la veuve....
Reste en repos , je vais parler si bas ,
Si bas, si bas, qu'il ne m'entendra pas.
Je ne suis pas à savoir ce qu'attire ,
En tous les temps , l'arme de la satire ,
Quand sur un grand le trait est dirigé ;
Et moi, surtout, qui ne suis protégé
Que par mes vers, et par mon indigence,
Je ne dois pas espérer d'indulgence.

    J'aimais les grands, et j'en fais vanité ;
Mais le temps fuit et la vertu recule.

Quand des Bourbons sur nous régnait l'Hercule,
Noblesse alors disait humanité ;
Au temple, au camp la gloire était aisée,
Dans tous les rangs il avait un Thésée.
Où retrouver Fénélon, Bossuet,
Je le prévois, tu vas rester muet.
Où retrouver la valeur bienfaisante ?
Mars nous donna la valeur conquérante ;
Quand sur ses champs j'abaisse mes regards,
Je ne revois ni Condé ni Villars,
Je n'y revois que leur vaillante épée.
Oui, par les grands mon âme fut trompée,
Et tel bourgeois possédait la vertu,
Qui la perdit en gagnant son écu.
Un champ d'azur ne me ferait pas feindre,
Noble orgueilleux, je crois t'entendre plaindre,
Tu prétendrais, ah! qu'elle est ton erreur,
A ton aspect que mon âme à la gêne
Te mesurât à ton air de grandeur ?
Ne sais-tu pas qu'autrefois Diogène,
Fermant l'oreille à la faim, à sa loi
N'a pas fléchi devant le plus grand roi.
Dans son tonneau sommeillant sur la dure,
Mangeant fort-mal et s'abreuvant d'eau pure ;
Là, franchement, crois tu qu'il fut heureux ?
Le supposer serait d'un cerveau creux :
Mais il pouvait censurer l'opulence.
Notre seul bien, à nous que l'indigence
Prend trop souvent pour ses chers favoris,
Est de pouvoir déchirer tes habits,
De te voir nud, et de savoir en somme,

Si tu pourras alors offrir un homme.

Dans les palais on distille le fiel,
Courons au Pinde, et nous aurons du miel.

Ne sais-tu pas qu'il me faut du courage
Pour te parler maintenant un langage
Si décrié, mais cher à nos aïeux,
Qui le sera peut-être à nos neveux.
Tant d'histrions rimailleurs à l'eau-rose,
Ont mis, remis la raison à l'envers,
Ont tant heurlé, beuglé leurs méchans vers,
Que le bon sens leur préféra la prose.

Thalie est triste, et Momus hébété:
Par le pouvoir, son esprit arrêté
N'est plus esprit, la seule Melpomène
Triomphe encore, et parmi nous ramène
Son noble essaim, et qu'elle recruta,
Nouvellement de l'auteur de Sylla :
Zoïle, enfin, à la voix étouffée;
Mais il rugit en voyant son trophée;
Et tel naguère, il ne put que rugir,
Quand il a vu triompher Casimir.

Joyeux francais, aimables mais frivoles,
Quittez, quittez le culte des idoles,
Phébus en pleurs vous a fait son adieu,
Le mauvais goût n'est-il point un faux dieu.
Jusqu'à ce point votre orgueil s'humilie,
Quoi je le vois à la place où Thalie
S'accompagnant d'un luth, d'un tambourin,
Doit signaler par un piquant refrain,
Le ridicule en tout lieu si fertile,
Oubliez-vous qu'enfin le vaudeville,

Sèche les pleurs, redresse les travers,
Aime la gloire et fuit les méchans vers.
Oui, celui-ci, qu'on le regarde en face,
Rit franchement, l'autre fait la grimace.
Chez Désaugiers il ne grimace pas ;
Il ne rit plus, par un tour de magie,
Sur son cercueil il pleure son trépas :
Mais laissons-là soupirer l'élégie,
Loin des tombeaux dirigeons notre essor,
Pour le bonheur du caissier du Gymnase,
Le premier âge est toujours l'âge d'or.
Scribe et Dupin ont enfourché Pégase ;
A leur aspect Pasquin s'est évadé,
Ils ont proscrit le style de Vadé,
Jocrisse enfin là n'est plus en famille,
La mère au moins peut y mener sa fille :
Un honnête homme après avoir souri,
N'est pas honteux d'avoir osé sourire :
Mais chez Brunet on entend le gros rire
Que l'impudeur, la sottise ont nourri.
Comment nommer la muse saugrenue,
Qui donnant cours à son obscénité,
En guêt-à-pens avec impunité,
Attend les mœurs au détour *d'une rue*.
L'espoir du gain qui traça vos bossus,
Peintres heureux, ne vous a pas déçus ;
Mais Tabarin vous en montra la forme,
Sa muse ainsi que la vôtre est difforme :
En grimaçant il gagnait des écus,
Des ris grossiers augmentaient son salaire,
De pareils ris ne peuvent vous déplaire,

Ils sont parés des faveurs de Plutus.

Je pourrais bien allonger cette liste,
De quelques mots sur la gent journaliste,
Sur tel ou tel qui jadis m'a proscrit :
Il est des noms qui souillent un écrit.
Si par hasard je prenais cette route
Monsieur **** se fâcherait sans doute.
Loin des chardons, et du trèfle et du thym,
Apprends, ami, ce que c'est qu'un ****
Triste, plaisant, doucereux satyrique,
S'il lance un trait, las ! souvent il s'en pique,
Il blesse, il loue, il fait tout au hasard,
Le seul mérite est sous son étendard,
Et seulement son étendard le couvre ;
Il croit aussi que sur les dieux du Louvre
Par son pouvoir et par sa volonté,
Planent l'amour et la fidélité.
Ainsi que moi, ne ris-tu pas du'hère,
Sous son drapeau laissons le solitaire.

Du mauvais goût tu te fais l'Attila,
Me diras-tu, d'un ton demi-sévère ;
Censure donc, et que ta voix austère
Nous dise un mot du chantre d'Atala.

Non, des sifflets je crains trop la furie :
Je me tais donc et rends à la pairie
Le culte aisé qu'Harpocrate exigeait,
Pourquoi me taire, et quel est mon projet,
D'un trait piquant, nous vilains, on nous blesse ;
Mais pourrait-il effleurer la noblesse ?
D'ailleurs Phébus, dans sa sévérité,

Voit peut les rangs sur le mont redouté.
Oui, noble pair, votre muse héroïque
Offre à mes yeux une statue antique,
Belle en tout point, le chef-d'œuvre de l'art,
Dont on aurait rehaussé la stature,
Et sur laquelle on aurait mis du fard.
Plus, je dirai, car je ne puis me taire,
Au noble auteur qui fit le Solitaire :
Que son ouvrage est rapide et précis ;
Que noblement, sans roses et sans ris,
Il peint l'amour ; que, si j'aimais encore,
Je brûlerais du feu qui le dévore.
Qu'il exalta la faible humanité ;
Qu'il donne à l'homme un air de majesté
Que lui ravit l'apôtre de Lucrèce.
En le lisant j'espère le bonheur,
Et le néant à moins de profondeur.
Mais, à son tour, la critique me presse
De lui prouver qu'il a manqué son but ;
Car, ou du moins si j'en crois son début,
Jusques au bout Anselme doit me plaire.
Malgré tout l'art qu'il met dans son portrait,
Son mauvais cœur ne m'a pas satisfait.
Oui, je le sens, malgré qu'il la décrie,
On donne droit à la philosophie.

Et vous, enfin, vous qu'un brillant succès
Dédommagea d'une peine légère,
Qui, sur le sot, sur le folliculaire,
Avez voulu décocher quelques traits ;
Si de beaux vers brillans, pleins d'harmonie,

Sont dans cent ans le cachet du génie :
Je le prévois par la postérité,
Votre succès sera peu contesté.
Mais s'il fallait, ainsi que je le pense,
De traits nerveux renforcer l'élégance,
Si le public prétendait qu'on offrît
Des mœurs du temps le miroir et l'esprit,
Où seriez-vous ? Car tout censeur se raille
Des vieux habits refaits à notre taille
Dont vous avez voulu nous revêtir.
L'original se fait par trop sentir.
Il est partout. O Molière ! ô grand homme !
De ce triomphe accepte encor la pomme.
Quand par hasard j'entends quelque sermon,
Lorsque je vois une œuvre du démon,
Je prétends être instruit sur quelque chose.
Et les journaux sont-ils épine ou rose ?
Font-ils du mal ? causent-ils quelque bien ?
En vous quittant personne n'en sait rien.
Très-brillamment votre muse démontre
Que pour plaider, et le pour, et le contre,
Noircir le blanc pour éclairer le noir
Elle jouit du plus profond savoir.
Dût-elle enfin être mortifiée ,
Je vous le dis, elle est *tartuffiée*.

Mais en parlant, et de noir, et de blanc,
Me diras-tu, n'en fis-tu pas autant ?
Il m'en souvient, ta voix chanta naguère
L'ange de paix et le dieu de la guerre.
— J'ai chanté l'un dans les bras de la mort ,

Ce fut sans honte, et je suis sans remord.
Il fut Français, j'honorai son épée ;
J'aime Titus, mais j'admire Pompée.
Et toi qui, né sur les bords.du cercueil,
Vit ton berceau recouvert d'un linceul,
Je t'ai chanté ; les accords de ma lyre
Ont entravé les sinistres desseins
Des forcenés qui t'ont, dans leur délire,
Promis, hélas ! un peuple d'assassins.
Royal enfant, en chantant ta naissance,
J'ai cru chanter le bonheur de la France,
Et je l'ai fait. D'un douteux avenir,
Mon œil n'a pas su déchirer le voile ;
Loin de vouloir diriger ton étoile,
Je la suivrai : les champs du souvenir
Sont encombrés de tes vaillans ancêtres.
L'étroit sentier qui mène à la vertu,
Pour tes aïeux, fut un chemin battu.
Sur eux, aussi, ces rois régnaient en maîtres.
Les passions ne dictaient point leurs lois.
Aimé, chéri, c'est ainsi qu'autrefois
LOUIS régnait sous un antique chêne.
Un guerrier meurt, la fureur et la haine,
Lançant sur lui leur souffle injurieux,
Ont oublié qu'il fût victorieux ;
Ont oublié qu'il sauva la patrie ;
Que des partis il calma la furie ;
Que nos drapeaux flottaient sur l'univers ;
Qu'il protégeait les arts et les beaux vers ;
Que de ses lois l'incomparable ouvrage,

A l'innocent , offre contre l'orage
Un port facile , un asile assuré.
Contre l'erreur et le vice titré.
Le faible est fort. Thémis dans sa balance
Ne met plus d'or. Le fort est sans puissance ;
Malgré le fiel que l'injure a vomi ,
De son trépas l'univers a gémi.
Le seul Rufus y trouva quelques charmes ;
Non que Rufus n'ait répandu des larmes ,
Mais par sa voix son œil est démenti.
Il rit , il pleure au gré de son parti.
Dans chaque lieu son intérêt l'adresse.
Selon le temps , tour-à-tour il caresse
Le partisan du vainqueur d'Austerlitz ,
Le défenseur de l'empire des lys.
N'est-ce pas lui , dont la langue ennemie ,
En m'alléchant par un appât fatal ,
Me menaça du courroux libéral ?
Ils vont , dit-il , vous marquer d'infamie !
Si j'eusse cru son captieux caquet ,
Il porterait cette épître au parquet.
« S'il la portait , et qu'au gré de sa rage
Tu sois enfin accablé par Thémis :
De l'amitié le parfum nous soulage ,
Tu trouverais le cœur de tes amis. »
« Qui mes amis ! tu connais l'indigence ,
Va , va , mon cher , la moderne amitié ,
A son aspect , lâche d'abord le pié ;
Et franchement , car mon cœur ne peut feindre ,
De l'amitié je ne pourrai me plaindre.

Non, d'un flambeau par ses mains allumé,
Mon triste cœur ne fut jamais charmé.
Je n'ai jamais senti sa douce flamme.
Deux fois l'amour a dévoré mon âme;
Et de tes sens, s'il se montre vainqueur,
Ami, surtout, redoute un mauvais cœur.

Car tout, ami, chez lui n'est qu'imposture :
Par le remord l'homme reste ébahi.
Je suis plus juste, en suivant la nature,
Je n'aime plus l'objet qui m'a trahi.
Donner deux fois son cœur, sa confiance
N'est pas, tu sais, de l'humaine puissance :
Amis, amans, quand on vous a perdus,
Dans le néant vous êtes confondus ;
Vous n'êtes plus. Par fois d'un vain prestige,
L'ami s'affuble et l'amant se dirige
Par les chemins qu'il a suivis le jour,
Où le plaisir couronna son amour.
C'est vainement, enfin le masque tombe,
L'Amour est mort, sa sœur est dans la tombe.

Sur un tombeau je vais jeter des fleurs ;
Crois en ma voix, baigne-les de tes pleurs.
Arrosons-les de larmes éternelles,
Tâchons enfin de les rendre immortelles
Comme Mazet ou la postérité.
Que leur parfum avec orgueil s'élève
Vers les héros que la fureur du glaive
N'a pas conduit à l'immortalité.
Je vais prier sur la modeste pierre,

L'œillet docile et l'œillet mécontent,
Rien qu'à l'écart pourtant d'un ton fervent,
La violette élève sa prière.
O jour heureux ! si longtemps attendu !
Tels autrefois Jean-Jacques et Voltaire,
Désirant mettre entre eux plus que la terre,
Se retrouvaient en chantant la vertu.

Le ciel est pur, les sinistres nuages
Sont refoulés au pays des orages ;
Thétis repose, et l'azur de son eau,
France, reçoit ton fortuné vaisseau.
En le suivant, la haine s'est noyée ;
Toute sa voile, enfin est déployée,
Et nous cinglons, avec sécurité,
Vers l'heureux port de la félicité.
Nous n'irons point briser chez les Ilotes ;
Pour nous guider, nous avons *six pilotes*.

D'après ces traits, digne d'un homme libre,
Dois-je être Turc ou boire l'eau du Tibre,
Non pas de l'eau que boit un cardinal ;
Mais si le temps s'effaçait quelques rides,
Oui, je le sens, liberté tu me guides,
J'embrasserais le vainqueur d'Annibal.

Mais, près du but, je sens que ma pensée
S'énerve, enfin, que ma plume émoussée ;
Ne tracerait dans de nouveaux portraits
Que des fœtus, et sous d'informes traits.
Si mon esprit brille d'une étincelle
Il faut me taire ou m'éteindre comme elle.
Je pourrais bien d'un style captieux

Qui par le cœur est toujours démentie ;
M'envelopper, feindre une modestie
Car tu le sais, l'homme est ambitieux.
Jusqu'en ton cœur, descends pour mieux m'entendre,
Ces mots si vains, traduits d'AMBITION,
De *noble envie* et d'*émulation*,
Sont tous parens ; j'ose même prétendre,
Que divisés par l'orgueil, l'intérêt;
Leur nombre est un, leur être, un être abstrait.

L'homme est partout, partout il est le même.
Vois Florimont, ce bourgeois emporté,
Quel souverain ! si par l'hérédité,
Il se trouvait assis au rang suprême,
Un mal secret lui fermerait les yeux ;
Le malheureux, hélas ! perdra la vie,
Rongé d'*orgueil* et dévoré d'*envie*.
Qu'est Florimont ? Il est ambitieux.
L'humain portrait de notre divin maître ;
Ce Fénélon l'était aussi, peut-être.
L'ambition rend tyran, fondateur,
Sage, savant, bienfaisant, destructeur ;
L'ambition abat, elle édifie ;
N'est-elle pas dans la philosophie ?
N'est-elle pas, même aux pieds des autels ?
Son temple, enfin, est le cœur des mortels.
En biens, en maux, que la source est féconde,
L'arc du savoir par ton bras fut tendu,
Mais ! que de sang la main a répandu !
Flambeau des arts ! triste fléau du monde. —— ——

Enfin, adieu. Si l'essaim menaçant ;

Que j'écorchai sur mon luth innocent,
T'interrogeait sur le sort du coupable,
Ami, reponds que c'est un pauvre diable,
Qui veille tard, qui se lève matin,
Qui ne sait pas quatre mots de latin ;
Qui du malheur a fait l'apprentissage ;
Réponds aussi, s'il demande mon âge,
Que dans quatre ans j'aurai vu trente hivers,
Répond, surtout s'il déprise mes vers :
Que l'intérêt m'ordonnant de me taire ;
Libre et Français, j'éloignai son avis :
Que les Midas, les méchans poursuivis,
Seuls ont trouvé le conseil salutaire.

FIN.

Imprimerie de F.-P. HARDY, rue Dauphine, n. 36,

9 782019 258450